글벗시선 80

제6회 글벗문학상 수상 기념 동시조집

깨금발 모둠발

박필상 지음

도서출판 글벗

■ 박필상 시조시인

· 1950년 경남 의령군 봉수에서 태어남
· 1982년 제10회 창주문학상 동시 당선
· 1984년 「시조문학」 천료로 문단에 나옴
· 한국문인협회 회원, 한국시조시인협회 회원, 부산문인협회 회원, 부산시조시인협회 회원(사무국장 역임), 부산시조문학회 회원(총무 역임), 부산불교문인협회 사무국장 역임, 나래시조문학회 부회장 역임, 부산시행정동우문인회 회원
· 시조집「나를 찾아서」, 「꿈꾸는 바람」, 「광대」, 「아련한 그리움 하나」, 「눈물보다 하얀 꽃」, 「청산의 호랑나비」를 펴냄
· 동시조집「숲속의 아침」, 「깨금발 모둠발」을 펴냄
· 제7회 나래시조문학상(1995년), 제3회 실상문학상(2000년), 제18회 성파시조문학상(2001년), 제6회 글벗문학상(2015년) 수상
※ 초등학교 국어 4-2 읽기에 동시조 <바다> 수록(2010~2013년)
　초등학교 국어 4-1(나)에 동시조 <바다> 재수록(2014~2017년)

47799 부산 동래구 복천로5번길 65, 601호(문성하이츠빌라)
E-mail: pssijo@hanmail.net
HP: 010-6484-8848
인터넷카페: 『겨레시쉼터』개설, 운영자 겸 카페지기

깨금발 모둠발

박필상 두 번째 동시조집

머리글

어린이와 어른이 함께 읽는 동시조

3년 전에 동시조집 〈숲속의 아침〉을 낼 때는 1982년 제 10회 창주문학상 동시부문에 당선 된 후 33년 만에 내는 첫 동시조집이라 가슴이 설레기도 했습니다. 하지만, 상을 주신 창주문학상 운영위원회에 늘 빚을 진 마음이었기에 부담감도 만만치 않았습니다. 그런데 이번에는 그런 설렘이나 부담감이 조금 덜하기는 하지만 역시 한 권의 책을 묶어내는 일이 그리 쉬운 게 아닌 것 같습니다.

등단 후 36년 동안 6권의 시조집과 2권의 동시조집을 내면서 그때마다 늘 독자들이 어떻게 생각할지 두려움과 기대감에 가위눌려 책을 내고나면 최소한 6개월 정도는 아무것도 쓸 수 없는 탈진 상태에 빠지곤 했습니다. 올해는 제발 그렇지 않기를 바라지만 결과는 두고 봐야 알 것 같습니다.

나는 동시조를 꼭 어린이들만 읽어야 한다고 생각하지 않습니다. 어른들이 읽는다면 삶의 무게에 짓눌려 답답할 때 힐링(healing-몸과 마음을 치료해 낫게 하는 것)이 되리라고 생각합니다. 어린이와 어른이 함께 읽고 공감한다면 이는 또 다른 세대 간의 소통이 될 것입니다.

요즈음 주위를 둘러보면 직 간접적으로 어린이들에게 유해한 환경이 너무나 많습니다. '아이는 어른의 거울'이라고 하는 말이 있는데 이는 어린이들이 무엇이든 어른들이 하는 대로 배우고 따라한다는 뜻이겠지요. 나도 그런 유해환경을 만든 어른의 한 사람으로서 그에 대한 반성의 의미도 이 동시조집에 담았습니다.

나만을 생각하는 이기적이고 경쟁적인 현실에서 벗어나 서로 배려하고 더불어 사는 넉넉한 마음으로 어린이나 어른 모두 동심의 세계로 돌아가 근심 걱정 내려놓고 잠시나마 행복해졌으면 좋겠습니다.

그리고 수고해 주신 최봉희 선생님과 출판사 관계자 여러분께 감사 인사 올립니다.

2018년 6월 30일

지은이 박 필 상

차 례

제2부 금정산

제3부 겨울 개나리꽃

제4부 봄이 오면

제5부 자장가

■ 서평

제1부

징검다리

징검다리

깨금발로 건너갈까
모둠발로 건너갈까
동구 밖 시냇물에
놓여있는 징검다리
아니야
흰 구름처럼
낮달처럼 건너야지

날마다 땀에 젖어
지치고 힘들어도
고운친구 미운친구
모두 다 반겨 맞는
내 마음
푸른 물속에
놓아보는 징검다리

토닥토닥

엄마가 토닥토닥
아기를 잠재우듯
따뜻한 마음으로
누군가를 토닥이면
지구촌
어느 곳이나
웃음꽃이 필 거야

조금은 부족해도
괜찮아 서툴러도
깨끗한 그 손으로
무엇이든 토닥이면
세상은
참 아름다운
꽃동산이 될 거야

마음 가꾸기

마음의 꽃밭에다
꽃씨를 심어보렴
예쁘고 아름다운
꽃들이 피어나면
나비가
춤을 출 거야
꿀벌들도 날아오고

마음의 정원에다
솔씨를 심어보렴
푸르고 우람하게
나무들이 자라나면
새들이
둥지를 틀고
다람쥐가 뛰놀 거야

새엄마

♡
입양한 수박 새순
고이 품은 호박둥걸
상처나 아린 두 몸
한데 묶어 감싸 안고
한평생
뿌리가 되어
희생하며 살지요

♡♡
조그만 둥지 속에
몰래 낳은 커다란 알
개개비는 뻐꾸기를
정성으로 키우지요
제 자식
밀어낸 사실
알면서도 모르는 척

아기

세상의 아기들은
모두 다 하얀 천사
해맑은 눈동자에
푸른 하늘 고여 있어
누구를
미워하는 맘
욕심 따윈 없습니다

내 첫돌 사진에도
천사 모습 보이는데
화내고 질투하고
거짓말도 가끔 하고…
어쩌다
마음의 때가
덕지덕지 꼈을까요?

신호등

내 마음 속에는
삼색의 등이 있어
우울할 땐 노란 등
슬플 때는 붉은 등
기쁘고
즐거울 때는
푸른 등이 켜져요

내 마음 속에는
삼색의 등이 있어
웃으면 푸른 등
화를 내면 노란 등
다투고
싸움질 하면
붉은 등이 켜져요

안녕

안녕이란 말 속에는
기쁨이 들어있지
등교할 때 친구들과
교실에서 선생님과
반갑게
인사를 하면
마음속이 환해져요

안녕이란 말 속에는
슬픔이 들어있지
짝꿍이 전학 갈 때
악수하며 나눈 인사
다시는
못 볼 것 같아
가슴으로 울었어요

바위

큰 바위 앞에 서면
바위를 닮고 싶다
눈이 오나 비가 오나
그 자리 그냥 서서
언제나
변함이 없는
바위를 닮고 싶다

큰 바위 앞에 서면
바위가 되고 싶다
가슴에 금이 가도
이끼로 상처 덮고
아무도
탓하지 않는
바위가 되고 싶다

돌

돌도 눈이 있을 거야
자기만 볼 수 있는
밝음도 어두움도
뚜렷하게 다 보지만
말로서
말 많을까봐
입을 열지 않을 거야

돌도 귀가 있을 거야
자기만 알아듣는
기쁜 소식 슬픈 얘기
빠짐없이 다 듣지만
말로서
말 커질까봐
입 다물고 있을 거야

해님과 해바라기

해님이 아침마다
반갑게 인사해요
"모두모두 잘 잤니?
해바라기 너도 안녕!"
해님은
모든 생명을
똑같이 사랑해요

해바라기는 저 혼자만
사랑 받고 싶었어요
하루 종일 해님 뒤를
졸졸 따라다니면서
자기만
바라보라고
자꾸자꾸 떼를 써요

라디오

온갖 것 다 들었다던
개구쟁이 동네 형아
난 그게 장난인 걸
그때는 몰랐어요
그 속에
작은 사람들
사는 줄 알았어요

유치원 친구에게
으스대며 말했더니
선생님은 웃으시고
아이들은 놀려대고…
난 그만
홍당무 되어
울음보 터뜨렸죠

전화기

우리 집 빨간 전화기
날마다 잠만 자요
해종일 토라져서
말 한 마디 없어도
아무도
가까이 가서
달래주지 않아요

우리 집 식구 모두
휴대폰에 푹 빠져서
엄마는 카톡하고
아빠는 게임하고
어쩌다
벨이 울려도
들은 체도 않아요

수저

수저통 수저들이
모두 다 일어나서
달그락 달그락
내 흉을 보나 봐요
아침에
밥투정하며
내던졌던 그 숟가락

밤중에 수저들이
저희끼리 모여 앉아
달그락 달그락
내 흉을 보나 봐요
저녁밥
빨리 달라며
두드렸던 그 젓가락

담쟁이

오를 벽이 있어야
비로소 힘이 나요
앞에 벽이 없으면
시들시들 죽어요
비바람
맞은 뒤에야
더욱 푸른 저 잎새

우리가 벽에 막혀
주저앉아 있을 때
말없이 온 몸으로
그 벽을 올라요
마침내
승리의 깃발
고지 위에 꽂아요

※ 지은이 본인의 시조를 동시조로 고쳤음

지렁이

세상에 태어날 때
눈도 귀도 버렸어
손발도 무거워서
그냥 두고 왔었지
가리는
마음 없는데
알몸이면 뭐 어때

어느 여름날 오후
소나기 그친 뒤에
젖은 땅 온 몸으로
꿈틀꿈틀 기어가다
호젓한
길섶 어디쯤
한 벌 목숨 벗을래

※ 지은이 본인의 시조를 동시조로 고쳤음

제2부

금정산

금정산

금정산 품속에는
온갖 것 다 살아요
아득한 푸른 전설
역사의 숨결까지
고당봉
금샘 이야기
금고기도 살았대요

금정산 품속에는
온갖 것 다 있어요
천년의 범어사와
나라 지킨 금정산성
부산의
자존심까지
거기 가면 다 보여요

※ 금정산 : 높이 802m로 부산을 대표하는 산

동래성에서

역사의 함성소리
똑똑히 들립니다
'싸워 죽기는 쉬우나
길을 빌려주기는 어렵다'며
왜구의
총칼 앞에서
바위처럼 지킨 충절

어른도 아이들도
용감히 싸우다가
마침내 힘이 다해
성은 비록 잃었지만
그 정신
지금도 살아
댓잎처럼 푸릅니다

※ 동래성 : 부산광역시 동래구에 위치한 읍성으로 임진왜란
　　초기의 격전지였음.

온천천

할아버지 어릴 적에
미역 감고 노셨다는
그 맑고 푸른 물은
아직은 아니지만
조금씩
푸르를 거야
우리 같이 노력하면

할아버지 어릴 적에
친구 되어 노셨다는
가재랑 피라미 떼
지금은 못 보지만
언젠가
돌아올 거야
우리 함께 기도하면

※ 온천천 : 부산 금정산에서 발원하여 수영강으로 흐르는 도
  심하천. 산업화, 도시화로 인해 심하게 오염되었으나 생태
  하천으로 복원사업 진행 중임.

천마총에서

아끼던 보물들을
여기에 묻어두고
신라의 사람들은
어디로 다 갔을까
부르면
주인이라며
여기저기 나타날 듯

천마는 무슨 일로
이 땅에 내려와서
모습 살짝 보여주고
그림 속에 숨었을까
지금 막
갈기 세우고
하늘 향해 달려갈 듯

※ 천마총: 경상북도 경주에 있는 신라시대의 고분

마이산

옛날 옛적 천사님이
백마를 타고가다
여기서 잠깐 멈춰
세상 구경하는 사이
두 귀를
쫑긋 세운 채
말은 그만 잠들었나

박차고 일어설 듯
불러도 대답 없네
하느님께 기도하면
선물로 깨워줄까?
정의의
용사가 되어
내가 타고 달리라고

유월

할아버지 훈장에는
눈물이 어렸어요
해마다 유월이면
훈장을 꺼내놓고
손으로
어루만지던
할머니의 하얀 눈물

나라를 지키다가
돌아가신 할아버지
삼남매 홀로 키운
자랑스런 할머니
이제는
행복하세요
평화로운 천국에서

평화의 소녀상

열일곱 단발머리
고등학생 우리 누나
누나를 닮은 모습
평화의 소녀상엔
아직도
마르지 않은
눈물 자국 보였어요

총칼에 억눌려서
나라를 빼앗기고
죄 없이 끌려갔던
가녀린 소녀들은
일본군
위안부 되어
돌아오지 못했대요

인어상

쓸쓸한 바닷가에
홀로 선 인어공주
아무리 불러 봐도
바다만 바라봐요
고향이
너무 그리워
마음의 병 생겼나봐

바위에 발이 묶여
아무데도 갈 수 없고
가족도 친구들도
만나지 못하니까
날마다
수평선 보며
눈물 뚝뚝 흘리나봐

오작교

까치와 까마귀는
만나면 다뤘나봐
까치가 까마귀를
검다고 흉을 보고
까치를
'반쪽이'라며
까마귀가 놀렸나봐

그러다 화해한 날
해마다 함께 모여
은하수에 마음 씻고
몸으로 다리 놓아
애달픈
견우와 직녀
만나게 해 주나봐

달님

휴대폰도 아니 되고
이메일도 아니 되고
편지를 써서 부칠
주소도 알 수 없고
달님께
궁금한 마음
알릴 길이 없어요

노랫말 전설 속의
옥토끼도 만나보고
계수나무 푸른 숲속
메아리도 불러보고
오늘 밤
달나라 소풍
신나는 꿈 꿨으면…

자귀나무 꽃

낮에는 아름다운
꽁지깃 활짝 펴고
흥겨운 춤을 추며
잔치를 벌였다가
해 지자
대문 꼭 닫고
신방 차린 공작새

초록의 궁궐 속에
오색 등불 밝혀 놓고
신랑 각시 마주앉아
무슨 얘기 나누는지
달님도
창가에 앉아
귀를 쫑긋 세웠네

※ 자귀나무 : 낮에는 잎이 펴지고 밤에는 잎이 접히는 특징
  을 가지고 있음.

추석맞이

햇과일 햇곡식이
앞 다투어 익을 무렵
작년에 갔던 추석
곧 돌아올 거라고
들판을
질러온 바람
귓속말을 했어요

가을은 먼저 와서
뜨락에 자리 잡고
귀뚜리랑 풀벌레들
달밤에 불러 모아
추석날
연주할 음악
연습하고 있지요

로봇

우리가 어른 되는
미래가 두려워요
지금도 경쟁할 일
너무 많아 힘겨운데
로봇이
생각을 하고
우리 할 일 다 한데요

로봇이 사람보다
지능이 높아져서
사람이 해야 할 일
모두 다 해버리고
내 꿈도
빼앗을까봐
괜스레 걱정 되요

드론을 날리며

비행기 타지 않고
하늘을 나는 소원
이루어질 것 같아
가슴이 뛰었어요
드론을
높이 날리며
그런 느낌 들었어요

교통사고 걱정 없이
날아서 학교 가고
날마다 멀리 가서
맘대로 구경하고…
상상의
나래를 펼쳐
나도 날고 있었어요

오케스트라

소리의 숲속으로
소풍을 왔습니다.
울긋불긋 아름다운
단풍잎 춤을 추고
솔바람
개울물 소리
어우러져 흐릅니다

소리의 큰 바다로
여행을 왔습니다
물결은 양떼처럼
한가로이 풀을 뜯고
저 멀리
수평선 위에
무지개가 떴습니다

제 3부

겨울 개나리꽃

겨울 개나리꽃

어쩌려고 그러니
너 이제 큰일 났다

얄미운 겨울한테
꽃도 잎도 다 바치고

돌아올
새봄에게는
무슨 선물 줄거니

겨울 개나리꽃 (2)

학대에 시달리다
배고파 탈출했나

이 겨울 반바지에
맨발로 떨고 있는

열한 살
저 어린 소녀
가여워서 어쩌나

※ 계모와 친부에게 학대 받던 소녀가 배고파 탈출한 그해 겨
  울 개나리꽃이 피었습니다.

길고양이

창밖의 고양이가
엄마 찾아 웁니다

눈물샘 마르도록
밤을 새워 웁니다

덩달아
나도 속으로
야옹야옹 웁니다

연꽃

흐린 물 진흙 속에
뿌리 내려 살면서도

티 하나 묻지 않고
향기로운 꽃 피웠네

내 맘에
가꾸는 꽃도
저리 곱게 피었으면

항아리

불길에 구워지던
아픔은 잊었어요

포근히 감싸주는
우리 엄마 품속처럼

깨어져
버릴 때까지
가슴 열고 있을래요

청개구리

누가 널 놀리거든
그냥 씩 웃어주자

그래도 놀리거든
또 한 번 웃어주자

놀리다
지칠 때까지
자꾸자꾸 웃어주자

하루살이

불빛에 날아드는
귀찮은 하루살이

하루밖에 못산다는
그 말에 나도 몰래

파리채
내려놓으며
그냥 지켜봤어요

다람쥐 쳇바퀴

얼마나 달려가야
푸른 숲 보이나요?

쳇바퀴만 굴리다가
방향 잃은 저 다람쥐

어쩌다
마주친 눈빛
내 가슴을 때려요

※ 지은이 본인의 시조를 동시조로 고쳤음

솟대

날아보자
날아보자
하이얀 나래 펴고

푸른 하늘 멀리멀리
거침없이 날아보자

가슴속
기름을 부어
활활 타는 저 불새

※ 지은이 본인의 시조를 동시조로 고쳤음

간이역

깃발 든 아저씨도
대합실도 없는 거기

철로변에 그냥 서서
산모롱이 바라보면

아련히
푸른 꿈 하나
달려와요
느릿느릿

※ 지은이 본인의 시조를 동시조로 고쳤음

꼬끼오!

너무나 억울해서
새벽부터 웁니다
꼬끼오
꼬끼오
목이 다 쉬었지만
아무도
귀를 기울여
들어주지 않습니다

독감에 시달리다
힘없이 쓰러지고
비좁은 닭장에서
목욕도 할 수 없어
살충제
뒤집어쓴 채
알만 낳아 바칩니다

강아지풀

우리 집 담장 밑에
돋아난 강아지풀
어느 날 밤사이에
강아지를 낳았어요
솜털이
보송보송한
털북숭이 세 마리

아무도 밥 주거나
돌보지 않았는데
스스로 씩씩하게
무럭무럭 자라더니
든든한
지킴이 되어
걱정 말고 잘 자래요

뿔난 풀

마구 밟지 말아요
아파서 죽겠어요
말도 할 줄 모르고
표정도 못 짓지만
우리도
자기들처럼
생명이 있다구요

그 누가 우리더러
하찮다고 했나요
우리가 없는 세상
생각이나 해 봤어요?
지구는
사막이 되어
아무도 못살걸요

엽낭게

바닷물 제 스스로
물러간 모래 왕국
여기저기 분주하게
구급차 달려가고
콩만큼
작은 의사들
치료를 시작해요

꺼멓게 오염되어
앓고 있던 모래들이
머금었다 내놓으면
말끔히 병이 나아
하얀 이
반짝거리며
다시 웃고 있어요

걱정

바다가 화낼까봐
참 걱정입니다
물고기랑 미역이랑
모두 다 가져가고
내버린
쓰레기들로
몸살 앓게 하니까요

지구가 화낼까봐
참 걱정입니다
물 공기 지하자원
모두 다 가져가고
내뿜는
매연 때문에
숨 막히게 하니까요

제4부

봄이 오면

봄이 오면

새봄이 돌아오면
온 몸이 간질간질
웅크렸던 내 키가
한 뼘은 클 것 같고
새하얀
날개가 돋아
하늘 높이 날 것 같다

새봄이 돌아오면
메마른 마음밭에
묻혀있던 내 꿈이
파릇파릇 싹이 트고
늘 푸른
나무로 자라
우뚝하게 설 것 같다

잔디에 누워

초록빛 잔디 위에
팔베개하고 누워
하늘을 바라보면
풍선처럼 둥실둥실
난 벌써
구름 속에서
숨바꼭질하지요

새파란 잔디 위에
팔베개하고 누워
스르르 눈감으면
파도소리 철썩철썩
어느새
산호 숲에서
헤엄치며 놀지요

시냇물

해종일 쉼 없이
구시렁거립니다
전에 살던 개울처럼
따분하고 싫증나서
더 넓은
강으로 가서
신나게 놀 거라며

강으로 흘러와서
또 구시렁거립니다
여기도 재미없어
바다로 갈 거라고
그 뒤에
아무도 그를
본 사람이 없답니다

가을 산

축제가 열렸나봐
신나는 노래 소리
나무들은 울긋불긋
고운 옷 갈아입고
모두 다
한데 어울려
덩실덩실 춤을 춰요

축제가 끝났나봐
쓸쓸한 바람 소리
나무들은 너덜너덜
헤어진 옷을 입고
가랑잎
떠날 때마다
손 흔들며 눈물 뚝뚝

눈사람

둥글둥글 울퉁불퉁
괜찮아 못생겨도
두 손을 호호 불며
만들어준 그 아이들
눈처럼
새하얀 마음
안 보아도 아니까

손 없어도 발 없어도
괜찮아 다 녹아도
사진도 같이 찍고
놀아준 그 친구들
해처럼
따뜻한 마음
말없어도 아니까

손편지

또박또박 정성 담아
편지를 썼습니다
먼 곳으로 전학 간
그리운 친구에게
궁금할
이곳 이야기
모두 적어 부칩니다

또박또박 손으로 쓴
편지가 왔습니다
친구를 닮은 듯한
낯익은 예쁜 글씨
궁금한
그곳 이야기
설레면서 읽습니다

까치

추운 겨울 걱정 되어
홍시도 남겨 두고
내 마음 다 내주며
두 손을 내밀어도
미운 짓
골라서 하고
달아나는 개구쟁이

귀한 손님 오신다고
먼저 와서 알려주고
칠석날 견우 직녀
다리가 되어주던
멋지고
짱인 친구로
휘파람 불며 오렴

숲속의 아침(2)

달님이 지켜주신
숲속의 이른 아침
나무들 앞 다투어
대문을 활짝 열면
출근길
서두는 개미
빈둥대는 베짱이

메아리 일어서는
숲속의 푸른 아침
이슬방울 또르르
미끄럼 타며 놀고
꽃들엔
벌 나비 모여
풍물놀이 하지요

할미꽃

산 너머 시집 간 딸
자꾸만 보고파서

지팡이 짚으시고
먼 길 나선 홀어머니

따스한
언덕에 앉아
꼬박 잠이 드셨네

장미꽃

향기롭고 예쁘다고
나를 꺾지 말아요

가시를 가졌지만
나도 여린 꽃이어요

그 손길
스치는 순간
나는 그만 시들어요

금낭화

파룻파룻
싹이 돋은
나의 꿈 갈무리고

연분홍
곱고 고운
희망도 가득 담아

먼 훗날
어른이 되면
몰래 꺼내 봐야지

※ 지은이 본인의 시조를 동시조로 고쳤음

등꽃 아래서

녹색의 하늘 아래
불꽃 잔치 열렸어요

햇살도 흥겨워서
어깨춤 덩실덩실

초여름
보랏빛 향기
모락모락 피는 오후

지는 꽃

바람이 불어오면
꽃잎은 하얀 나비

날개를 반짝이며
어디론가 날아가고

쓸쓸한
꽃자루마다
조롱조롱 그리움

강물

강물은 도돌이표
제 자리로 돌아오는

강물은 바다 되고
바다는 구름 되고

구름은
비로 내려서
푸른 강이 되지요

눈

추위에 떨고 있는
헐벗은 겨울나무

어젯밤 천사님이
하얀 외투 입혀 놓고

눈부신
하늘 도화지
선물까지 주셨어요

제5부

자장가

자장가

아빠가 가꿔 놓은 사랑의 꽃밭에서
향기롭고 탐스러운 꽃들이 피었구나
아가야 꽃잎 품속의 나비처럼 잘 자거라

어여쁜 우리 아기 소록소록 잠들 적에
하늘나라 천사들이 살며시 내려와서
잠 도둑 물러가라고 소리 없이 춤을 춘다

토란잎 이슬 같이 해맑은 우리 아기
달님은 너를 보려 창가에 기웃대고
별님은 오늘 밤에도 잠동무를 하잔다

소꿉놀이

나는 아빠 너는 엄마
꼬마인형 아기까지
소꿉놀이 장난감에
목소리도 의젓하게
어른들
흉내를 내며
아이들은 자라나요

"남자는 다 형이야
아니야 다 오빠야
여자는 누나 맞지
아니야 언니라고…"
가끔씩
다투어 가며
아이들은 친해져요

방학

신나게 놀고 싶어
설레며 기다렸나
첫날부터 늦잠 자고
세수도 하지 않고
책상 앞
시간표 혼자
꾸벅꾸벅 졸겠네

숙제도 미뤄 두고
일기도 건너뛰고
달콤한 사탕처럼
하루하루 까먹다가
휴지 된
계획표 보기
부끄러워 어쩌나…

풍선

후우우 후우우
더 세게 더 크게
마음을 불어넣어
풍선을 만듭니다
저 푸른
하늘 끝까지
내 꿈을 띄웁니다

하얀 것은 더 하얗게
파란 것은 더 파랗게
날아라 높이높이
내 꿈의 오색 풍선
저 푸른
하늘 끝에서
별이 되어 반짝이렴

그림자

친구와 말다툼해
마음을 다쳤던 날
혼자서 터벅터벅
집으로 가는 길에
자꾸만
알짱거리며
따라오던 그 아이

귀찮아 비키라고
손짓 발짓 다 했지만
말없이 흉내 내며
달라붙던 미운 녀석
그래도
같이 걸으며
외로움을 잊었어요

배꼽시계

산골의 할머니 댁엔
시계가 없습니다
해님이 떠올라도
몇 시인지 모르지만
꼬르륵
배꼽이 울면
아침밥을 먹습니다

할머니의 오두막엔
시계가 없습니다
달님이 떠올라도
몇 시인지 모르지만
꼬르륵
배꼽이 울면
저녁밥을 먹습니다

돋보기

신문 보고 책도 읽는
우리 할배 뿔테안경
살며시 껴봤더니
눈앞이 어질어질
머리도
띵하게 아파
맴을 돈 것 같았어요

할배는 언제부터
나를 지켜보셨는지
빙그레 웃으시고
아무 말씀 없었지만
얼마나
답답하실지
가슴이 찡했어요

파란양산 노란우산

햇살이 따가울 때
엄마는 파란양산

비바람 몰아칠 때
아빠는 노란우산

날씨야
심술부려봐
눈 한 번 깜빡이나

의자

무거워 힘들 텐데
미안해서 어쩌지

괜찮아 끄떡없어
공부나 열심히 해

둘이서
수다 떨어도
선생님은 모르셔

청소

깨끗이 청소하면
가슴이 후련해요

탈 탈 탈 먼지 털면
걱정도 날아가고

싹 싹 싹
쓸고 닦으면
마음의 때 벗겨져요

약속

손가락 서로 걸고
엄지로 도장 찍고

손바닥 마주대어
복사 코팅 다한 약속

아무리
저울이 커도
그 무게는 못 달아

리모컨

교문 앞에 줄 서있는
노오란 학원 버스

학원 앞에 기다리는
또 다른 노란 버스

해종일
리모컨처럼
나를 뱅뱅 돌려요

홍당무

거리에 휴지조각
슬그머니 버린 아이

딴청 피며 걸어가도
마음은 홍당물 걸

미화원
아저씨께서
암 말 않고 치우지만

엄지 척

엄지를 곧추세워
친구를 바라보면

친구도 나를 향해
엄지를 흔들흔들

우리는
E.T.인가봐
말없어도 통해요

* E.T. : 1982년 미국의 스티븐 스필버그 감독이 만든 영화의
제목으로 외계인, 외계 생명(Extra Terrestrial)을 이르는 말

울보

연속극 보시다가
우리 엄마 눈물 줄줄

동화책 펼쳐 들고
나도 몰래 훌쩍훌쩍

아빠는
흥보시면서
"으흐흐흐 음음음…"

깨금발로 빚은 동심, 모둠발로 모은 행복

최 봉 희(시조시인, 글벗 편집주간)

시조의 멋은 가락에 있다. 그 가락은 지극히 자연스러워야 하고 마치 강물이 흐르듯이 유창해야 한다. 작위적인 억지가 드러나서는 안 된다. 그 때문에 오롯이 우리 가락을 살려 맑고 순수한 영혼으로 새말을 빚어야 한다.

시조를 잘 쓴다는 것은 가락을 제대로 다룰 줄 알아야 한다. 더욱이 맑고 순수한 영혼으로 사물을 바라볼 수 있어야만 한다. 왜냐하면 대상에 대한 관찰을 통해서 자신을 성찰하고 새로운 의미를 발견할 수 있기 때문이다. 그 때문에 우리 민족의 정서는 시조를 통해서 발현하는 것은 참으로 마땅하다.

여기 맑고 순수한 동심을 살려서 시조를 쓰는 열정적인 시조시인이 있다. 2015년 첫 번째 동시집 『숲속의 아침』을 발표한 후에 3년 만에 두 번째 동시집 『깨금발 모둠발』을 발표했다. 등단 후 36년 동안 6권의 시조집과 2권의 동시조집을 낸 것이다.

작가는 6·25 전쟁 중에 태어나 모든 것이 어렵고 가난했던 어린 시절, 물질적으로 여러모로 부족한 것이 많았던 시골에서 태어났다. 하지만 마음만은 참 따뜻하고 너그러우며 인정이 넘쳤던 것 같다. 그의 동시조를 읽다보면 주제나 소재 중에 어린시절의 추억이나 상상들이 많이 들어 있음을 볼 수 있다.

특히 요즘 도시에서 태어나 줄곧 콘크리트 벽에 갇혀 날마다 경쟁하듯 살아가는 아이들에게 동심을 일깨우는 작품들이 참 많다. 어쩌면 삶에 대한 진지한 성찰이자 이 세상을 바라보는 비판적인 목소리로 들린다.

꽉 짜인 일과 속에 어깨 축 늘인 채 이 학원에서 저 학원으로 전전하며 컴퓨터나 스마트폰 게임에 빠져 있는 요즈음 아이들이 얼마나 많던가. 그들에게 새삼스럽지만 진정한 동심을 불어넣고 싶은 것이다. 다소 낯설게 느껴질 수 있겠지만, 흙냄새를 맡으며 여름이면 시냇물에서 송사리를 잡고, 겨울이면 눈 덮인 산에서 토끼몰이도 하던 그 추억을 말하고픈 것이다.

물론 작가의 말처럼 동시조를 꼭 어린이들만 읽어야 한다는 법은 없다. 오히려 어른들이 읽는다면 더욱 좋을 듯싶다. 삶의 무게에 짓눌려 답답할 때 어린 시절의 작은 추억을 떠올리는 시간들, 그리고 그 순수한 마음속에 나를 돌아보는 치유의 시간, 삶의 여유를 가질 수 있지 않을까 싶다. 더욱이 어린이와 어른이 함께 읽고 공감한다면 이는 또 다른 세대 간의 소통이 되리라 생각한다.

박필상 시조시인은 행복한 시인이다. 남달리 창작의 열정이 넘치는 분이다. 아니, 늘 보물을 캐는 심정으로 시조에 대한 꾸준히 연구하고 공부하면서 자신만의 개성적인 시상을 펼치고 있다. 웃음과 눈물, 순수한 동심을 통해 깨달음을 주는 심상, 누구나 공감할 수 있는 이야기를 통해 추억을 되새김질 하게하는 시조시인이다.

박필상 시조시인의 대표적인 작품은 초등학교 4학년 2학기 교과서에 실린 동시조 〈바다〉라는 작품이다.

동시조 〈바다〉에서 바다를 엄마와 아빠로 비유하고 있다. 바다는 엄마가 되어 포근히 자연을 품고 다독거리는가 하면, 아빠가 되어서 아침 해를 번쩍 들어 올리는 것은 물론이고 배도 갈매기 떼도 둥실둥실 띄우는 능력을 가진 존재로 표현한다.

바다는 엄마처럼
가슴이 넓습니다
온갖 물고기와
조개들을 품에 안고
파도가
칭얼거려도
다독다독 달랩니다

바다는 아빠처럼
못하는 게 없습니다
시뻘건 아침 해를
번쩍 들어 올리시고
배들도
갈매기 떼도
둥실둥실 띄웁니다
　– 시집 『눈물보다 하얀꽃』〈바다〉 전문

이 작품을 읽으면서 어쩌면 박필상 시조시인이 우리 시조문학

계에서 '바다'로서 '엄마와 아빠'의 역할을 하고 있다는 생각을 하게 된다. 지속적인 창작 활동은 물론이고 전국 각지의 초등학교에 방문하여 문학강연 활동도 활발하게 전개하고 있다.

그러면 동시조는 그의 인생에서 어떤 의미를 지닐까? 그의 시집 첫머리에 실린 작품에 그의 뚜렷한 시 관념을 볼 수 있다.

깨금발로 건너갈까
모둠발로 건너갈까
동구 밖 시냇물에
놓여있는 징검다리
아니야
흰 구름처럼
낮달처럼 건너야지

날마다 땀에 젖어
지치고 힘들어도
고운친구 미운친구
모두 다 반겨 맞는
내 마음
푸른 물속에
놓아보는 징검다리
– 동시조 〈징검다리〉 전문

박필상 시인은 인생에 대한 물음에 이렇게 대답하고 있다. 인생이라는 시냇물을 건널 때 징검다리가 되어 흰 구름처럼 욕심 없다. 낮달처럼 있는 그대로 모든 사람들을 받아들이는 존재인 것이다. 때로는 고운 친구도 되고 미운 친구를 반겨 맞는 그런 존재가 되고 싶은 것이다.

물론 일회적이고 유한한 생명을 지닌 인간과 자연의 순환을 통해 영구히 지속되는 삶은 때로는 깨금발로 징검다리를 건넌다. 그리고 혼자가 아닌 함께 모둠발로 인생을 살아가고 싶은 것이다. 그 인생의 삶 속에는 항상 아기 같은 순수를 담고 싶어 한다.

세상의 아기들은
모두 다 하얀 천사
해맑은 눈동자에
푸른 하늘 고여 있어
누구를
미워하는 맘
욕심 따윈 없습니다

내 첫돌 사진에도
천사 모습 보이는데
화내고 질투하고
거짓말도 가끔 하고…
어쩌다
마음의 때가
덕지덕지 꼈을까요?
- 동시조 〈아기〉 전문

그러나 요즘 사람들은 욕심 때문에 서로 미워하고 거짓말을 한다. 이렇게 무한경쟁의 삶을 살면서 결국은 미움과 질투라는 마음의 때가 덕지덕지 꼈는지도 모른다. 그 때문일까? 시인은 순수한 동심의 아이들처럼 천사가 되고 싶고 변하지 않는 굳건한 돌이 되고 싶고, 바위를 닮고 싶어 한다.

큰 바위 앞에 서면
바위를 닮고 싶다
눈이 오나 비가 오나
그 자리 그냥 서서
언제나
변함이 없는
바위를 닮고 싶다

큰 바위 앞에 서면
바위가 되고 싶다
가슴에 금이 가도
이끼로 상처 덮고
아무도
탓하지 않는
바위가 되고 싶다
- 동시조 〈바위〉 전문

역사의 함성소리
똑똑히 들립니다
'싸워 죽기는 쉬우나
길을 빌려주기는 어렵다.'며
왜구의

총칼 앞에서
바위처럼 지킨 충절
- 동시조 〈동래성〉의 일부

 박필상 시조시인은 바위처럼 변함이 없고 아무도 탓하지 않는
돌처럼 바위처럼 그렇게 살고 싶은 것이다. 시인은 쉽고 친숙하
며 함축적인 시어를 통해 자연 속에서 얻는 마음의 위로와 욕
심 없는 행복이 얼마나 소중한 것인지를 자연에서 혹은 동심에
서 체득하고 있다.

돌도 눈이 있을 거야
자기만 볼 수 있는
밝음도 어두움도
뚜렷하게 다 보지만
말로서
말 많을까봐
입을 열지 않을 거야

돌도 귀가 있을 거야
자기만 알아듣는
기쁜 소식 슬픈 얘기
빠짐없이 다 듣지만
말로서
말 커질까봐
입 다물고 있을 거야
- 동시조 〈돌〉 전문

사람의 말은 간사하다. 말에는 참말과 거짓말이 있다. 말이 많은 사람은 흔히 시시비비에 열중하곤 한다. 말없는 바위와 돌은 묵직하게 제자리를 지키면서 변함없이 영속한다. 시인은 이해와 명리에 집착하지 않고 자연 질서와 순리에 따라 묵묵히 살아가면서 자신의 참모습을 자연 속에서 찾아가고 있는 것이다.

　그 대표적인 행위가 마음의 꽃밭에 꽃씨를 심으면, 나비와 꿀벌, 그리고 나무가 자라나고 새들도 노래한다고 말한다. 시인은 꽃이 피고 나무가 자라나면, 나비가 되어 평안한 행복을 누릴 수 있다고 말한다. 아니, 온 세상이 깨금발이 아닌 모둠발로 더불어 행복할 수 있다고 말한다. 그러면 마음의 꽃밭은 도대체 무엇일까?

마음의 꽃밭에다
꽃씨를 심어보렴
예쁘고 아름다운
꽃들이 피어나면
나비가
춤을 출 거야
꿀벌들도 날아오고

마음의 정원에다
솔씨를 심어보렴
푸르고 우람하게
나무들이 자라나면
새들이
둥지를 틀고
다람쥐가 뛰놀 거야
－ 동시조 〈마음가꾸기〉 전문

아빠가 가꿔 놓은 사랑의 꽃밭에서
향기롭고 탐스러운 꽃들이 피었구나.
아가야 꽃잎 품속의 나비처럼 잘 자거라.
- 동시조 〈자장가〉 일부

새봄이 돌아오면
메마른 마음밭에
묻혀있던 내 꿈이
파릇파릇 싹이 트고
늘 푸른
나무로 자라
우뚝하게 설 것 같다.
- 동시조 〈봄이 오면〉 일부

그것은 계절로 얘기하면 봄이다. 메마른 대지에 파릇파릇 싹이
트듯이 사랑의 씨앗, 배려의 씨앗을 뿌리게 되면, 마침내 아름
다운 꽃밭이고 꿈이 자라나는 배려의 꽃밭이 되는 것이다.
박필상 시조시인은 세상사는 법, 세상을 건너는 법을 따뜻하고
순수한 마음, 깨끗한 마음에서 찾고 있다. 그것은 마침내 존중
하고 배려하는 마음에서 성장하는 아름다운 꽃동산, 행복한 웃
음꽃이 피어나는 것이다.

엄마가 토닥토닥
아기를 잠재우듯
따뜻한 마음으로
누군가를 토닥이면

지구촌
어느 곳이나
웃음꽃이 필 거야

조금은 부족해도
괜찮아 서툴러도
깨끗한 그 손으로
무엇이든 토닥이면
세상은
참 아름다운
꽃동산이 될 거야
- 동시조 〈토닥토닥〉 전문

다시 한 번, 박필상 시조시인의 여덟 번째 시조집이자 두 번째 동시조집 〈깨금발 모둠발〉 출간을 진심으로 축하한다.
부디 시인의 소망처럼 시조를 통해 메마른 땅을 일궈 척박한 삶을 갈아놓고 씨앗을 뿌린 그 오롯한 꿈이 자라 동심이 살아 있는 아름다운 세상, 행복한 세상이 실현되길 소망한다.

■ 글벗시선 80 박필상 동시조집

깨금발 모둠발

초판인쇄 2018년 6월 30일

초판발행 2018년 6월 30일

지 은 이 박 필 상

펴 낸 이 한 주 희

펴 낸 곳 도서출판 글벗

출판등록 2007. 10. 29(제406-2007-100호)

주   소 경기도 파주시 와석순환로 16,(야당동)
         롯데캐슬파크타운 905동 1104호

홈페이지 http://guelbut.co.kr

E-mail juhee6305@hanmail.net

전화번호 031-957-1461

팩   스 031-957-7319

가   격 10,000원

I S B N 978-89-6533-107-0 04810

* 잘못된 책은 바꿔 드립니다.

본 도서는 2018년 부산광역시, 부산문화재단 지역
문화예술특성화지원사업으로 지원을 받았습니다.